아픈 손으로

문을 여는 사람들에게

☾ P.S 기획시선 2

아픈 손으로 문을 여는 사람들에게

김고니

슬퍼지지 않으려고 애썼다

하지만 나는 여전히 슬프다

다만 슬픔을 멈추는 법을 배웠다

스위치를 켜고 끄는 것처럼

- 2023년 겨울

김고니

제1부

당신이 가장 아름다운 사람입니다

당신이 가장 아름다운 사람입니다

산에 번지는 불꽃을 땀으로 막아 내는 이들에게
봄비 같은 마음을 건넬 수 있는 사람
소주로도 달랠 수 없는 노을의 울음소리를 들으며
하늘에게 건배할 수 있는 사람

수많은 사람들이 나를 밀쳐도
당신은 나를 신호등처럼 바라보며
손을 흔들어 주는 사람입니다

당신은 내가 만난 사람 중에
가장 빛나는 사람입니다
돌아온 달의 이마를 짚어 주고
지친 해의 어깨를 두드리는 사람

인형을 잃어버린 아이처럼 울고 있으면
사탕을 건네주던 아빠처럼 따뜻한 사람

내가 만난 사람 중에
당신이 가장 아름다운 사람입니다

아픈 손으로 문을 여는 사람들에게

당신이 가장 빛나는 사람입니다

함박눈이 내리는 길을 걷다가 발이 시릴 때
따끈한 국수 한 그릇 먹자고 손을 내미는 당신
오후의 햇볕이 나를 슬프게 할 때
부드러운 바람처럼 바라봐 주는 사람

수많은 사람들이 나를 모른 척 지나쳐도
당신은 먼 곳에서부터 나를 발견하고
두 팔을 벌려 안아 주는 사람입니다

당신은 내가 만난 사람 중에
가장 아름다운 사람입니다
잠들지 못하는 해의 그림자에 이불을 덮어 주고
돌아가는 달의 뒷모습을 기억하는 사람

내가 서툴고 어리석어도
때 꼬질한 얼굴을 씻어 주던 엄마처럼
언제나 다정한 사람

내가 만난 사람 중에
당신이 가장 빛나는 사람입니다

어느 소설이었나,

당신의 말이었나,
만날 수 없는 두 개의 선 같은 사이가 있다고 했다
평행하기 때문에
영원히 하나의 점으로 이루어질 수 없는 만남

그 이야기를 들으면서 나는 기차를 생각했다
두 개의 선 위를 달리는 의자
바퀴가 엉키지 않을까 걱정되는 속도로 달리다가
플랫폼에서 기다리는 사람들을 만나면
조금씩 속도를 줄이는 여유
커다란 창문 밖에 강물이 따라 달리면
또 다른 평행선이 생기고
마당을 뛰어노는 아이를 닮은
물결이 별처럼 반짝이는 풍경

만날 수 없어도 괜찮다고 말했다
어느 먼 곳에서 살아도 좋다고
나를 닮지 않은 아이와
나보다 예쁜 아내와
기차 안에서 삶은 달걀을 먹으며
사이다처럼 웃어도 된다고

아픈 손으로 문을 여는 사람들에게

선이 더 멀어지면
영원보다 더 먼 시간이 지나면
약속도 할 수 없는 어느 먼 날이 오면
하나의 점에서 만나지는 그림처럼
거기서 손을 흔들어 주면 그걸로 좋다고

숨질 5

한 사람이 잠들어 있을 때
아무것도 하지 않고 그저 숨만 쉬고 있을 때
그의 목덜미를 물지 않고
숨소리를 가만히 들을 수 있어야 해

꿈속을 걷고 있는 그가
심장 소리를 내고 있을 때
얼굴에 얼굴을 대고 같은 리듬으로 숨을 쉬어야 해

그의 숨이 내게로 조금씩 스며드는 것을
느낄 수 있다면
그의 심장이 뛸 때마다
그의 영혼이 연기처럼 숨결을 따라 내게로 올 때
어둠 속에서 그 순간을 바라보며 행복해진다면
너는 그를 사랑하고 있는 거야

숨이 하나가 되는
푸르고 붉은 영혼이
어둠 속에서 보라색 등불이 되어 가는 소리를 들을 때
긴 입맞춤의 밤이 시작되는 거야

아픈 손으로 문을 여는 사람들에게

세상의 모든 슬픔을 아는 그녀에게

- 카페 그릇 굽는 집에서

주차장의 선들은 모두 직선이었다
잔디와 바위 보랏빛 꽃잎
문을 열자 액자가 흔들렸다

조명 아래 빛나는 것들은 모두 슬펐지만
세상의 모든 슬픔을 알고 있는 그녀에게
슬픔은 그저 도로의 방지턱을 넘는 덜컹거림

얼음의 마음을 모르는 레모네이드
드뷔시 달빛 그리고 피아노
테이블 위의 꽃들은 모두 키가 달랐다

도자기를 굽는 은빛 머리카락
커피 머신의 기계음 탁자의 나무 무늬

세상은 모든 슬픔을 토해 내고 있었지만
그림 속의 남자를 닮은 그녀는
그저 꽃잎을 그리고 있었다

지장암 노스님을 만나

불두화 바람에 떨어지는 초여름
동자처럼 작아진 노스님의 회상을 듣는다

스물여섯, 암자가 토굴처럼 초라했을 때
그때도 저렇게 꽃잎이 떨어졌지
몸이 다한 것처럼 팔다리가 늘어지고
삐걱 열린 문틈으로 바깥이 보이는데
꽃잎은 왜 그렇게 떨어지는지
세상 참 허무하다 싶었지

스님이 눈을 감았다 뜨는 동안
수십 년의 세월이 지나갔다
절은 대궐처럼 잘 지어지고
불두화는 하늘에 닿을 듯 가지를 뻗었다

비구니로 살다 보면 꽃이 된다고
불두화 머리 위에 햇무리가 뜨고
꽃잎은 바람에 또 떨어지고

우주 불변의 법칙

어떻게 사랑이 변하니
어떻게 사람이 그러니
울며 소리쳤다

이별의 문자를 보내려고 폰을 열다
우연히 보게 된 동영상

태양이 미친 듯이 우주를 달리고 있다

어떻게 사람이 안 변하니
어떻게 사랑이 안 변하니

미친 듯이 너에게 달려가야겠다

먼 곳에서 빛나는 그대에게

안나푸르나의 별을 보고 싶습니다
눈물을 흘리지 않는 산등성이 사이로
날마다 새로운 꿈을 꾸는
아름다운 별빛을 만나고 싶습니다
심장에서 피어오르는 안개가
산의 무게로 속눈썹에 매달려 걷다가
마침내 산꼭대기에서 별의 이름을 부를 때

개밥바라기별
메아리로 대답하는 산골 마을에서
울지 않는 사람으로 손을 흔들고 싶습니다
설인이 살고 있다는 눈의 나라에서
오직 나를 위해 빛나는 등불처럼
내 이름을 불러 주는 그대
흐리지 않은 두 눈으로
먼 그대를 바라보며 걸어가겠습니다

아픈 손으로 문을 여는 사람들에게

첫눈처럼

어떤 날은 짓밟히는 눈의 비명이 들려
발의 무게를 줄이려고 애를 쓰며 걸었다

지친 눈송이들이
한낮의 햇살에 녹아 하늘로 돌아가기도 전에
어둠의 무게에 눌려 얼음길이 되어 버리는 날

어떤 날은 비명조차 지르지 못하고
거울이 되어 버린 길 위에서
슬픔을 모르는 아이처럼 거짓 썰매를 타며 놀았다

칼날이 없는 신발로 얼음을 지치며
햇살처럼 웃고 있을 때
눈송이였던 슬픔은 나를 물끄러미 바라보며 따라 웃었다

어떤 날은 눈길을 밟으며 걸어도 아프지 않았다
뽀드득 소리를 내며 노래를 부르는 것만 같아서
건반 위를 걷는 손가락처럼 무게를 두려워하지 않았다

그런 날은 쌓인 눈 위로 쏟아지는 가로등
그 길을 걸어오는 하얀 네가 있었다

다시 태어나도

월정사 전나무 숲 다리 아래
첫눈이 내렸다
언 계곡물 위로 소복이 쌓인 눈 위에

주희야 사랑해
발자국을 새겨 놓은 남자

그는 전생에 석공이었을 것이다
탑을 만드는 동안 아내를 만나지 못해
그리움으로 지쳐 가던 남자
오랜 시간이 지나도 그때의 그리움을 잊을 수 없어
눈 위에라도 사랑한다고 쓰고 싶었던 것이다

시간을 거슬러
눈물로 계곡물을 더하고 있을 아내에게
남자의 마음이 전해지고 있었다

며칠 후 다시 남자의 발자국을 보러 갔을 때
발자국 위로 수많은 고백이 어지럽게 쓰여 있었다

아픈 손으로 문을 여는 사람들에게

미영아 사랑해
은주야 사랑해
유진이는 내 거다

남자의 수많은 환생이 따뜻하게 적혀 있었다
따뜻하고 따뜻하게 너무 따뜻하게 적혀 있다 못해
붉은 글씨를 소환했는데

얼음이 깨질 수 있음
절대 출입 금지

깨질 수 있음,
사랑은 그런 것이라고
꿈도 꾸지 말라고
고개를 끄덕이며
발걸음을 돌렸다

아이처럼 웃는 마당이 있다

작은 마당엔 나비가 있다
실잠자리 호박잎 위에 시를 쓰고
오래된 그네가
책꽂이를 닮은 냄새가 나는 곳

개울을 따라 나무들이 서 있고
뒷마당엔 빨간 사과
햇살을 기억하는 오후가 있다

봄을 그리워하는 감자와
열매를 내어 준 채 하늘을 만지는 옥수수
어쩌면 달을 닮았을지도 모르는 해바라기가
지붕을 바라보는 그림이 있다

그녀의 어머니가 있는 그 집엔
그녀를 닮은 빨간 꽃송이
풀벌레처럼 울다 잠드는 사랑이 있다

아픈 손으로 문을 여는 사람들에게

네가 살던 아파트에 불이 켜지면

나도 모르게 발걸음이 멎는다

손을 흔들어 주던 네가
아직도 그 자리에서
나를 보고 있을 것만 같아

아파트 너머를 지나가는 구름과
강물 위에 놓여 있는 다리와
눈동자처럼 빛나는 가로등이
보고 싶다,
똑같은 목소리로 너를 그리면

나는 네가 있을 때보다
더 자주 뒤를 돌아보며
자꾸만 자꾸만
걸음이 느려지고

사무친다는 말

산은 알고 있을까요
여름을 흘리며 기어가는 개미의 그림자에도
땀방울이 숨어 있다는 것을요
그렇게 작은 개미들이 모여 노을이 되고
투명한 날개를 꿈꾸는 한낮의 걸음이
구름이 되어 바다에 닿는다는 이야기를요

하늘은 기다리고 있을까요
햇살을 굴리다 지친 개똥벌레의 한숨에도
그리움이 묻어 있다는 전설을 말이에요
수많은 별들이 엎드려 빛을 노래하고
한밤의 반딧불이가 남몰래 춤을 추는 동안
눈을 감은 산이 바다를 바라보는 마음을 말이에요

당신은 알고 있을까요
꽃잎이 떨어지고
푸르게 열린 사과 향기가
노을을 닮아 가는 여름날
매미처럼 울다
소나기가 되어 버린
어떤 구름을 말이에요

아픈 손으로 문을 여는 사람들에게

어리석은 행자 2

남쪽으로 따뜻한 남쪽으로
자꾸만 내려가면 좋을 거라고 생각했다
더 이상 걸을 수 없을 만큼 지쳐 무릎을 꿇었을 때
거기 뜨거운 사막이 나를 기다리며 웃고 있었다

나는 너무나 지쳐 더 걸을 수조차 없었지만
그래도 조금만 더 남쪽으로 가 보고 싶어졌다
오! 마침내 아름다운 땅이 거기 있었다

그러나 나는 더 아름다운 세상이 있을 거라고
완벽한 행복이 기다릴 거라고 생각하며
지치고 아픈 몸을 끌고 쉬지 않고 걸었다

드디어 도착한 땅의 끝엔 거대한 얼음산이
사막보다 더 크게 웃으며 나를 바라볼 뿐이었다
오! 마침내 나는!

숲이 되어 가는 인사

밤나무 아래 조그만 사람이 서 있다
밤나무보다 한참이나 작은
까치발을 들어도 어림없을
그러나 나무보다 훨씬 오랜 밤을 보낸
하얀 할머니가
나무보다 무뚝뚝한 얼굴로 서 있다

안녕하세요,
바람에 고개를 숙이는 나무처럼 인사를 했다
할머니는 어느새
나무보다 어린
골목을 뛰어놀던 오래전의 아이가 되어
웃으며 고개를 끄덕인다
그리고 한 두 걸음 따라 걷는다
말을 건네고 싶어 손을 흔드는 나무처럼

아픈 손으로 문을 여는 사람들에게

눈동자엔 푸른빛이 흘러나오고

나무가 그냥 푸르게 서 있는 것처럼
길이 되어 버린 할머니가
그냥 두어 걸음 떨어진 곳에서
나무처럼 걷고 있었다

너의 이름을 알게 된 순간

어느 절에 바보 스님이 있었다

다른 스님들은 수많은 경전을 읽고 외우며

깨달음을 얻기 위해 공부를 하는데

바보 스님은 돌아서면 잊어버리는 바보라

경전을 읽어도 모르고 외울 수도 없었다

나는 왜 이렇게 바보 같을까 한숨을 쉬고 있는데

부처님께서 부르셨다

너는 오늘부터 단 두 글자만을 배우거라

할 수 있겠느냐

예, 부처님 제가 아무리 바보라도 두 글자야 모르겠습니까

그날부터 바보 스님은 커다란 빗자루를 들고

절의 구석구석을 쓸며 글자를 배우기 시작했다

워낙 바보인지라 두 글자조차 제대로 알지 못하고 오랜 시간이

흘러갔다

그러는 동안 절은 깨끗해져 가고

다른 스님들이 읽고 외우는 경전은 늘어 갔다

어느 날, 마침내 글자를 알게 된 스님은 무릎을 쳤다

아, 이런 뜻이로구나!

바보 스님은 그 순간 세상의 모든 이치를 한꺼번에 깨닫게 되었다

아픈 손으로 문을 여는 사람들에게

비가 오는 만큼

내 어깨가 젖는 만큼
네가 행복했으면 좋겠다

절반을 내어 주고도 모자라
너에게로 기우는 우산 속에서
비 오는 소리를 같이 들었으면 좋겠다

등이 젖어 재채기가 나려고 해도
네 웃음이 먼저 가로등처럼 환하게 번져
비 오는 거리가 따뜻해지면 좋겠다

조금 더 가까이
너에게로 다가서서
젖은 거리를 걸어도 아프지 않았으면

너를 사랑하는 만큼 비가 오면 좋겠다

시시포스의 사랑

끝을 알 수 없는 무관심의 돌을 굴리느라
비명을 지르지도 못하고
짓눌려 버릴 무게가 두려워 잠들지도 못하는
새벽을 토해 낸다

지루해져 버린 책의 주인이
무심히 덮어 버리는 페이지였으면 좋겠다고 기도하면서
그 가벼움조차 감당할 수 없을까 봐 실눈을 뜨고
페이지와 페이지 사이의 세상을 훔쳐보는 내가
종이보다 더 가벼워지기를 바라는 비겁한 아침

아무나 사랑할 수 있다고 믿었던 날들이 있었다
누구라도 사랑할 수 있을 것만 같아
성자처럼 두 팔을 벌리고 내게 달려오는 바람의 아이를 낳았던
그때
페이지를 넘길 때의 무게보다 더 아프게 소리를 내었던
세상의 모두를 사랑했던 마지막 순간

사랑은 돌처럼 아프게 나를 찢고
세상의 저편으로 사라져 갔다

아픈 손으로 문을 여는 사람들에게

사랑하지 않겠다고 소리치는 사람과
사랑하고 싶다고 기도하는 사람이 마주 본다

페이지와 페이지 사이의 언덕으로
마지막 돌을 밀어 올리면
그때, 다시 사랑할 수 있었으면 좋겠다

사랑하고 싶다고 모두가 다 사랑할 수 있는 건 아니다

우리는 이제 더 이상 편지를 쓰지 않는다

사랑한다는 말보다
누가 그려 놓은 이모티콘으로 하트를 날리는
스마트한 세상

빨간 우체통에 편지를 밀어 넣을 때면
그 안에 마음이 들어 있을 것만 같아
조심스러웠던 시절
우체부 아저씨의 발걸음을 기다리느라
집 앞 골목길 전봇대에 기대어 서 있던 오후

우리는 이제 더 이상 누군가를 기다리지 않는다
카톡 숫자에 1이 사라지는 동안 유튜브를 보고
게시판을 들락거리다 문자가 날아오면 그만인 만남

틀린 글씨 위에 하트나 꽃을 그리며 써 내려가던 편지는
이제 오랜 전설처럼 낯설고 촌스러운 이야기가 되어 버렸다

아픈 손으로 문을 여는 사람들에게

그래도 나는 기다린다
우표마저 사라진 편지 봉투 위에
네 이름이 쓰여진 고백이 찾아오기를
우체통마저 사라진 골목에
네가 편지처럼 서 있기를

봄을 따라다니다

할머니가 호미질을 할 때마다
흙 속에 숨어 있던 봄이 뿌리를 들킨다

납작하게 엎드려 봄을 기다리던 잎사귀
작은 구덩이에 겨울을 남기고 따라온다

할머니 눈에는 잘 보이는 봄이
내게는 아직 겨울로만 보이는데

할머니 냉이 캐는 거 처음 봐요, 하니
그러니 얼마나 행복한가
하시는 목소리에
수십 년의 봄이 따라온다

호미질을 하시는 할머니를 따라다녔다
고들빼기도 민들레도 할머니에게 들켜 버렸다
오늘은 봄이 술래

할머니가 건네주신 봄을 한 줌 쥐고 돌아서는데
꽃망울이 터질 듯 소리친다
그러니 얼마나 행복한가

아픈 손으로 문을 여는 사람들에게

아침을 여는 사람들

하늘로 돌아가지 않은 눈이 길 위에 누워 있고
어제를 잊지 못한 별이 가로등에 숨어드는 새벽

밤의 이야기를 끝내지 못한 이불은 눈처럼 애틋하고
오늘이 두려운 알람 소리가 돌아눕는 아침

빵집의 불빛이 어둠을 터뜨리며 따스한 냄새를 열면
배고픈 아침이 눈을 뜬다

기다려 주지 않는 전철역의 계단과
발을 동동 구르는 버스의 바퀴가
빵집의 불빛을 지나간다
허기진 뱃속엔 어둠을 닮은 아메리카노
새벽이 구워 놓은 별들을 그리워하는
책상 위의 빼곡한 일정표

빵집을 그리워하는 사람들이 아침을 연다
잠든 별들이 깨어날 때까지
세상을 지키는 사람들의 냄새

세상에서 가장 아름다운 오늘

나를 언제나 바라보는
사람의 눈동자

내가 눈물을 흘릴 때
함께 슬퍼해 주는 다정한 목소리

떨리는 무대를 준비하는 내게
한 아름 꽃다발을 건네주는 따뜻함

그런 아름다운 사람을 알고 있습니다

이 세상에서 혼자 아파하지 않도록
함께 있어 주는 다정한 사람

그런 사람을 사랑할 수 있는 오늘이
너무나 아름답습니다

아픈 손으로 문을 여는 사람들에게

제2부

슬픔이 반대로 달릴 때

슬픔이 반대로 달릴 때

차들이 반대쪽으로 달리는 나라에서는 슬플 때 웃는다

술을 마시거나 담배를 피우거나
어느 어둠 속에서 눈물을 흘리지 않고
배를 타고 노를 저으며 노래를 부른다

배에 오르지 못한 차들이 물가에서 발을 구르며
울어 주는 나라
울음소리가 물결을 타고 나보다 먼저 기슭에 닿아
팔 벌려 나를 기다리는 슬픔

차들이 반대쪽에서 달려오는 나라에서는
웃는 사람들이 가장 슬픈 사람들이다

아픈 손으로 문을 여는 사람들에게

봄이 온다고 바람에게 손을 내밀다 베인 사람
눈사람에게 입을 맞추다 데어 버린 사람
떨어지는 잎사귀에게 소원을 빌다 악마를 만난 사람
한여름 숲의 한가운데서 얼어 죽은 사람들

그 먼 나라에서 나는 반대쪽으로 달리지 않으려고 눈물을 흘린다
환하게 웃는 사람들을 꼭 안고 그냥 펑펑 울라고 등을 두드리면서

이제 괜찮다고

부서진 벽을 본다
벽지 너머 숨어 있던
텅 빈 구멍

퍼티를 샀다
벽에 네모난 그물을 붙여 놓고
물기를 머금어 축축한 퍼티를 구멍에 밀어 넣으며
그물 사이로 들어가려고 애쓰는 나를 본다

너는 문을 열었다
아니 벽을 부쉈다

그렇게 세게 밀면 문이 벽을 통과할 거라고 믿었을까

나는 문에 떠밀려 벽이 부서지는 소리를 들었지
손잡이가 벽을 뚫고 어둠을 무너뜨렸지
슬픔이 벽으로 들어가는 소리가 났어
석고는 우수수 떨어졌지
아주 오래된 눈물이었을까
흐르지 못하고 덩어리로 떨어지는 슬픔

아픈 손으로 문을 여는 사람들에게

눈물이 거꾸로 흘러 벽이 되는 동안
벽 속에서 눈을 감은 사람을 생각한다
얇은 종이 뒤에서 울던 텅 빈 어둠

발가락이 마음대로 되지 않는다

손가락을 구부리듯이
발가락을 하나씩 구부리고 싶은데
다섯 개가 동시에 움직인다

사실은 발가락이 나도 모르게 다른 생각을 하나
그래서 내가 가고 싶지 않은 길도 걷고 있었나

발가락을 꼼지락거리며 생각하다가
엄지척을 했다
엄지발가락은 발등 쪽으로 몸을 들어 올리며
네 발가락과 멀어졌다

하지만 엄지발가락이 홀로 여행을 할 수 있는 것은 아니다
나는 누워 있고 나머지 발가락도 나처럼 누워 있는데
저 혼자 문밖을 나갈 수는 없는 일이다

발가락을 까딱까딱 움직였다
복 나간다고 말리시던 엄마
발목을 돌리면 모두가 안녕
손을 흔드는 것과 닮았다

발을 들어 올린다
발가락이 가장 높은 곳에서 나를 내려다본다

그림자가 된 발가락은 날개가 있다
개처럼 울 수도 있고
토끼처럼 귀가 크다

발을 더 높이 들어 올린다
이젠 머리가 발가락이 된다

어디로 가야 하나
마음대로 되지 않는다고 발가락이 투덜거린다

날개를 그려 줄게

이제 그만 아팠으면 좋겠어
그녀가 마지막으로 그렇게 말했을 때
왠지 슬프지 않았다

그녀는 파리가 될 거라고 했다
아주 하찮고 귀찮은 벌레
파리는 신경 쓰이는 존재잖아
라고 말하며 웃을 때
왠지 그녀가 파리보다는
나비와 더 어울린다고 생각했다

불빛으로 달려드는 벌레는
빛이 되고 싶은 걸까
타 버리고 싶은 걸까
라고 말하며 손가락을 펼쳤을 때
왠지 그녀가 날개를 갖고 있다고 믿고 싶었다

이제 그만 돌아갔으면 좋겠어
그녀가 처음 그렇게 말했을 때
왠지 꽃이 피어나는 소리가 들리는 것 같았다

아버지 나 이제 그만 울까요

아버지는 어릴 적 나를 공주라 불렀다, 평강 공주

얼마나 울었으면 그랬을까 싶다가도
아버지가 그렇게 불러서 진짜 울보가 된 건 아닐까
은근슬쩍 원망해 본다

바보 온달이한테 시집보낸다
그 말도 늘 함께였는데
온달이는 이미 오래전 죽었거든요, 하고 대답하면
강원도 가면 많다, 온달이 하며 웃으셨다

사위 안부를 물을 때도, 온달이는 잘 있냐 하시면
아버지가 그렇게 말해서 진짜 바보 같은 놈이랑 산다고
스리슬쩍 푸념을 했었다

울고 울고 또 울다 보니,
공주랑 온달이는 온데간데없고
웬 늙수그레한 아줌마만 덩그러니 남았는데,

무덤 속은 다 그래

해가 넘어가는 저녁을 걷는다
전력 질주로 달려오는 벌레 한 마리
눈을 감을 시간도 없이 눈 속으로 들어왔다
그 짧은 생을 왜 하필 여기서 끝내려고 했을까
무덤이 되어 버린 눈을 깜빡이다 잠이 들었고

거미가 온몸을 기어다닌다며
괴로워하는 남자를 보았다
청소기로 코에 있는 거미를 빨아들이며
온몸을 긁어 대는 남자
TV 속의 남자는 거미처럼
가늘어지는 팔다리로 거미를 쫓고 있다
거미가 없다고 말해 줘도
남자는 믿지 않았다
여기 내 몸속을 기어다닌다고!

아침에 눈을 떴다
벌레는 무덤 속에서 저승을 꾸렸다
날지 못했던 세상을 날고
홀로 짝짓기를 했다
알을 낳고 나를 파먹고
여섯 개의 다리로 온몸을 기어다니고

거미는 남자의 몸에서 빠져나왔다
그리고 내게 왔다
화면 속에서 나를 보던 거미
내 눈 속으로 들어와 벌레를 만났다
다 똑같아 원래 그래
벌레와 거미가 마주 보며 웃고 있다
나는 날개도 없이
또 어딘가로 전력 질주를 하고

비가

비가 멀리서 올 때는 흙이 먼저 젖는다
떨어지지 않은 빗방울을 기다리다 흘린 눈물
그리움의 냄새로 젖어 간다

멀리 천둥이 치고 검은 구름이 몰려오면
이미 젖어 있는 땅이 고개를 들고 소리치며 운다

비가 가까이 내릴 때는 하늘이 이미 젖어 있다
빗방울이 되어 버린 난간에 매달려 흐려져 가는 세상
내려다보면 우산의 꼭지가 눈을 찌르고

비가 가슴에 내릴 때는 세상이 온통 젖어 있다
하늘도 울고 땅도 운다는 말
가슴이 그렇게 따라 운다는 말

아픈 손으로 문을 여는 사람들에게

아카시아의 문을 열다

어머니의 죽음을 맞이하던 순간
허물을 벗고 다시 차오른 달이 혀를 내밀 때
시간이 날름거리며 기어가는 것을 보았습니다

어머니, 저는 천국에 가지 않을 것입니다
벗어 놓은 허물이 되어 버렸기 때문입니다
제 안에서 사람이 태어나던 그날
달의 눈동자를 가진 그 아이를 마주 보며
용의 심장을 도려낼 수 있는 용기를 배웠기 때문입니다

어머니,
아카시아 꽃잎이 바람에 흩날리고 있습니다
창을 가득 채운 나무의 숨결을 바라보며
저는 이미 천국에 있다는 것을 알았습니다
아카시아 꽃잎이 바람에 흩어질 때
달의 조각이 부서지며 날아가는 것을 보았습니다

어머니, 그토록 두려웠던 천국의 문이
꽃잎처럼 흩어지는 것을 보았습니다

너무 아프지 않은 세상

죽음의 문턱에서 기도하는 마른 입술의 떨림
긴 바늘에 찔리거나
약봉지를 찢는 것이 익숙해지다가
어느새 다시 두려워지는 마음
내일 또 만나자는 친절한 인사에
정말 내일이 올까 혼잣말을 하게 되는 의문
사소한 실수와 용서받지 못할 잘못들이
저 너머의 세상까지 따라올 것만 같아
두 귀를 막아야 하는 고해

그런 고통이 없는 세상이었으면 좋겠습니다

인형처럼 서 있는 새의 그림자를
노을처럼 흔드는 물고기의 느린 헤엄,
새벽 비를 맞고도 햇살처럼 웃을 수 있는
아침 들녘의 꽃들
새들의 고백을 듣다가 늦잠을 잔
나무들의 초록 하품

슬퍼도 눈물이 오래 흐르지 않는
그런 세상이 있었으면 좋겠습니다

아픈 손으로 문을 여는 사람들에게

아기 고양이의 분홍 발바닥이나
눈물을 글썽이는 꼬마를 바라볼 때의
너무 슬프지도 아프지도 않은 그런 마음

언젠가는

토막 난 물고기가 진열장에 놓여 있다
조명을 받아 선명한 비늘은
아직도 살아 있는 것만 같아 슬프다

뿌리가 없는 꽃을 들고 간다
투명한 비닐에 쌓인 꽃잎은
아직도 꿈을 꾸고 있는 것만 같아 슬프다

밤을 기다리지 못한 빗줄기는
토막 난 고기처럼 땅을 적시고
마른 흙과 비에 젖은 흙이 뒤섞인 땅은
슬프다 소리치지 못해 슬프다

강아지의 이름을 부르는 사람은
줄에 끌려다니기 때문에 슬프고
아이스크림이 녹아 버린 아이의 손은
끈적한 날씨처럼 슬프다

아픈 손으로 문을 여는 사람들에게

슬프다 슬프다 슬프다

자꾸 말하다 보니 어느새 슬퍼졌다
처음엔 안 그랬던 것처럼
처음부터 슬펐지만
그래서 빛을 보자마자 울었지만
어둠은 더 슬펐지만
이별은 슬펐고 사랑은 더 슬펐지만
웃고 있을 때가 제일 슬프지만

처음엔 안 그랬던 것처럼 슬프지 않았던 것처럼
언젠가는 슬프지 않을 것처럼
토막 난 물고기처럼

슬프고 또 슬프다

어떤 기만

밤마다 꿈을 꾸었다
어머니가 살아 계시는 꿈

기억을 속이기로 했다 내 맘대로

어머니는 아주아주 오래전에 돌아가신 거라고
한 십 년 전쯤 어쩌면 그보다 더 오래전
다섯 살에 길에서 만난 작은 강아지처럼 멀고 먼 기억이라고
그러니 이젠 심장이 찢어지는 일이 아니라
오랜 영화를 기억하듯 어렴풋하고 아득한 일이라고

나는 나에게 속아 정말 그랬던 것처럼 꿈을 꾸지 않았다

아픈 손으로 문을 여는 사람들에게

정말로 십 년쯤 지나 다시 나를 속이기로 했다

어머니는 살아 계신 거라고
친정집 마당에서 상추를 뜯고 계신 거라고
아주 잠깐 하루 이틀 전에 뵙고 온 거라고
언제라도 달려가면 한 움큼 상추를 상 위에 올려
따뜻한 밥 한 그릇 해 주실 거라고
그러니 가슴이 미어지는 일이 아니라
요즘 보는 드라마를 기다리듯 기다리는 일이라고

나는 나에게 속아 진짜 그런 것처럼 살아가고 있는 중이다

아직도

미치려거든 아주 미쳐나 버리지
미쳐 버리지도 못하고 미쳐 버릴 것처럼 살고 있다
아니 벌써 죽어 버렸나

입덧을 하는 것처럼 토하거나 토할 것 같거나
그러지도 못하고 잠을 설치던 밤이 끝나지 않는다

한쪽 면만을 볼 수 있는 거울이 싫어 눈을 흘기다
거울로 된 방에 들어가 나를 보았다
거울 속의 나는 거꾸로 나를 보고
나는 그게 또 나인 줄 알고 비명을 지르다가
공포에 질린 내 모습이 행복한 줄 알고 그 방에서 살았다
아니 그때 죽어 버렸나

발이 푹푹 빠지던 겨울날의 기억

버림받는 사람이 되고 싶지 않아
늘 먼저 돌아서던
그러다가 벌을 받은 마녀처럼
눈밭에 머리를 박고

아픈 손으로 문을 여는 사람들에게

울다 죽은 새처럼

아니 그때 미쳐 버렸나

숨을 쉴 수가 없어 심장을 눈밭에 버리고 온 그날부터

살고 싶지가 않았지만 또 살고 싶어서

미쳐 버리고 싶었지만 미칠까 봐 눈도 감지 못하고

또 그렇게 살다가 죽어 버렸나

깊이를 알기 위해

돌을 던졌다
돌과 물이 만나는 순간 풍덩하고 깊이를 말하였으나
제대로 듣지 못하고 동그라미만 바라보다 끝나 버렸다
소리를 들어 보라고 말했어야지
돌이 바닥에 닿는 소리를 들었어야지
두 귀를 바짝 물에 들이대고 숨을 참았어야지

낚싯줄을 던졌다
줄의 끝에 바늘을 끼우고 바닥에 닿을 때까지 줄을 내렸다
줄이 물속으로 파고드는 동안 깊이를 짐작했으나
물살에 견디지 못하고 흘러가 버렸다
바늘 끝이 동동 물 위를 떠다니고 있다
바닥이 거기라는 듯
무거웠어야지 가라앉을 만큼 무거웠어야지
바닥에 닿을 수 있을 만큼 무거웠어야지
물살이 조용해지기를 기다렸어야지

밀어 넣었다
아무것도 하지 않고 소리만 지르는 나를

물과 만나는 순간
물이 허우적거리며 깊이를 묻는다
비로소 깊이를 알 수 있을 것 같다

드림캐처*

새는 얼마나 오래 허공을 바라보고 있었을까

움켜쥔 가지처럼 잡을 수 있는 마음이라면
부리로 허공을 쪼아 댈 필요는 없었을 것이다

발톱이 생겨 버린 가지를 붙잡고 있는 새의 깃털

아래로 곤두박질치는 깃털을 모아 벽에 걸어 두면
꿈에서 도망칠 수 있다
새의 발톱에 찔려
사랑을 잃어버린 밤의 악몽 속에서 깨어날 수 있다면

날아오르면 더 많은 깃털이 떨어질 거야
너의 사랑보다 나의 악몽이 더 두렵다고 속삭이면
가지를 놓고 날아갈까

차라리 우리 사랑하면 좋겠다고 새에게 말해 볼까
사랑에 미쳐 버린 것들은 서로를 알아볼 수 있다고 그랬지

---

* 그물과 깃털, 구슬 등으로 장식한 작은 고리. 원래 아메리카 원주민들이 만든 것으로, 가지고 있으면 좋은 꿈을 꾸게 해 준다고 여겨짐(옥스퍼드 영한사전에서).

아픈 손으로 문을 여는 사람들에게

나는 새처럼 발톱이 있다
움켜쥐다가 놓쳐 버린 사랑

맨발로

심장과 너무 멀리 떨어져 있는 발바닥은 죽은 자를 닮아서
온기가 다 식어 버린 마루처럼 누군가 걸어 다녔다
방문을 열면 걸을 때마다 삐걱이던 마루
온기가 없는 죽은 자들의 얼굴이 발바닥에 닿았다

눈길을 걸었다
어릴 때 걸었던 마루가
눈을 뜨는 소리가 들렸다

부서지고 부서지고 또 부서지고
부서지고 나서야
살아 있음을 느낀다
무너져 버린 다음의 환생

골목을 걷던 하이힐
그 날카로운 심장의 모서리가 바닥을 찌르는 소리를 들으면
살고 싶어지던 시절이 있었다
바닥이 살아 움직이는 소리를 들을 때마다
죽음의 모서리가 귀를 찌르며 웃던 날들

아픈 손으로 문을 여는 사람들에게

맨발로 걸을 때면 살아 있는 것만 같다
죽어 버린 시간들이 차갑게 만져질 때면
내 안을 돌고 있는 뜨거운 핏물이 깨어나
눈을 뜨고 걷기 시작했다

임계점

누워 있던 주전자 속의 물이 뚜껑을 들썩인다
뚜껑을 밀고 튀어나온 물방울들이 빨간 불꽃이 되어 타오르고

어제까지 잘 보이던 세상의 초점이 어긋나기 시작했다
책의 글자들이 제멋대로 뒤섞이고
상점의 간판과 표지판들이 비밀 속으로 사라졌다

여태 멀쩡하던 허리가 아침부터 불화살을 맞은 듯
깨끗하던 혈관의 피가 기름에 엉겨 끈적거리듯
잘 매달려 있던 이파리가 미친 것처럼 춤을 추며 하늘을 날듯

그러다가 기어이 멈춰 버리는

한 점의 시간을 알지 못해
차라리 스스로 눌러 버리는 스위치

참았던 눈물이 속눈썹 사이로 후두둑 쏟아지는
밤의 한가운데 그 칼날 같은 점

아픈 손으로 문을 여는 사람들에게

차라투스트라가 그렇게 말했다면

신이 죽었다는 말보다
어머니가 이 세상에 없다는 말이 더 슬프다

신은 세상을 다 보듬지 못해 어머니를 만들었다지만
나는 자식들을 더 사랑하고 싶은 어머니의 마음이
신을 만들었다고 생각한다

신이 인간을 버린 것처럼
인간이 신을 등지는 복수의 시간
사랑하고 싶지만 사랑할 수 없고
따뜻하고 싶지만 온기를 잃어 가는 세상

신이 죽었다고 누군가 외친 후에도
신은 인간들 사이에 남아 신을 낳고
인간들에게 잡아먹힌 신들은
밤마다 부활의 불꽃 속에서 노래하는데

내가 낳은 신들은 인간이 되어 가고,
어머니가 이 세상에 없다는 사실이 슬프다

이별 눈빛

네가 요즘 나를 바라보는 눈빛을 읽는다
커다란 가방을 꺼내고 싶은 그런 눈빛을
어쩌면
나도 너를 그렇게 보고 있을지도 모르는 눈빛을

달콤하게 속삭이던 목소리가
거슬리고 지겨워 귀를 막고 싶을 때
나도 모르게 그런 눈으로 너를 보고 있을까

너를 바라보는 척하며 먼 곳을 보고
잠이 오지 않는다고 핑계를 대며
다른 방에서 한숨을 쉬다 잠든 밤이 많아지고
같이 밥을 먹고 싶지 않아 저녁을 거르고
집에 들어가는 시간을 억지로 미루면서
어쩌다 할 말이 생겨 마주하고 있으면
두 사람 사이에 흐르는 공기가 너무 무거워
주저앉을 것처럼 힘들다고 느끼는 눈빛

결국 어느 날
가방에 옷을 구겨 넣는 날이 올 거라는 걸 알면서도
먼저 헤어지자는 말은 하지 못하고
그렇게 서로를 바라보는 그런 눈빛을

다 흩어져 버렸으면 좋겠다

아무것도 기억나지 않았으면 좋겠다
햇살에 흩어지는 저 구름처럼
모든 것이 꿈이었으면 좋겠다

기억나지 않았으면 좋겠다
네가 등을 돌리던 가로등 아래
혼자 남겨졌던 그 쓸쓸했던 시간이

고개를 숙이고 집에 돌아오는 길
술에 취해 비틀거리는
어떤 남자의 뒷모습이 나를 닮아서
전봇대를 끌어안고 울었던 그 눈물이
하나도 기억나지 않았으면 좋겠다

오래도록 걸려 있는 벽의 그림처럼
아무 일도 없는 것처럼
그냥 그렇게 또 하루가 지나갔으면 좋겠다

이젠 모두 기억나지 않았으면 좋겠다
아무것도 모르는 바보가 되어 버리면 좋겠다

아픈 손으로 문을 여는 사람들에게

별이 지고 다시 어둠이 잠들 때처럼

그렇게 나도 그만

눈을 감았으면 좋겠다

내가 신이 되지 못한 이유

열여섯 살의 나는
내가 지상에 내려온 신이라고 믿었다
죽을 때까지 슬픔의 노예가 될 거라는 걸 알아 버렸기 때문이다

하늘에서 절망의 사다리를 타고 내려와
어머니의 검은 구멍 앞에 누웠을 때
바람의 붉은 눈동자 너머
아무렇지 않은 척 살아가는 사람들의 뒷모습을 알아보았다

나는 다시 신이 될 거라고 말했다
아침에 눈을 뜰 때마다 스스로 죄인이라 여기는
사람들의 발목에 묶인 사슬을 풀어 주는 힘을 가진,
신전을 세우지 않아도
발자국을 따라 기울어진 슬픔의 그림자에서
꽃을 피우는 빛의 존재가 되고 싶었다

세상은 원래 그런 거라고
다 그렇게 살아가는 거라고 말해 놓고는

아픈 손으로 문을 여는 사람들에게

새벽을 할퀴며 돌아누워야 하는 별의 아우성과
죽음을 퍼먹느라 눈 밑이 검게 물들어 가는 사람들의 목소리와
신의 옷자락을 만들기 위해
은빛으로 변해 가는 오래된 육체들을 끌어안고
홀로 아픈
맑은 얼굴의 신이 될 거라고 외쳤다

내가 하늘로 돌아가기 위해
사다리 앞에 섰을 때 신의 목소리가 들렸다
모든 신들은 사슬을 끌어안고 살아야 하는 법이니
돌아오려 하지 말고
더 오래 울거라

나는 정말로 오래 울다가 사다리를 태워 버렸다
붉은 연기가 슬픔을 핥으며
하늘을 지우고 있었다

숨질 6

어정쩡함에 대하여 생각해 본다
오만과 겸손 사이의 그 어디쯤에 대하여

악마와 천사의 옷을 번갈아 찢긴 떠돌이의 방랑에 대하여
오래 앓던 어머니의 죽음에 총구를 들이대던 천사의 날개와
소의 살가죽과 피 묻은 내장을 훑고 뼈를 발라내며 세상을 구
하던 악마의 뿔

세상에서 제일 잘난 아침과
거울을 깨뜨리고 싶은 저녁 사이를 오가며
녹아 버린 아이스 아메리카노와
식어 버린 뜨거운 커피를 마시는
어물쩍한 시간들에 대하여

해가 사라진 하늘에서 달을 찾으려고 고개를 들었다

빛과 어둠이 불분명한 하늘이
웃다가 울다가 어쩌면 아무 감정도 표정도 없이
한 번도 바라본 적 없는 빛깔과
늘 바라보다 지친 그림자로
잠이 들었는지 깨어 있는 건지도 모를
숨소리를 내며 고개를 갸웃거리는 시간

아픈 손으로 문을 여는 사람들에게

사랑을 속삭이다가 그의 달콤한 귀를 물어뜯는
쓸쓸한 혀끝의 욕망
저주를 퍼붓고 돌아선 그의 그림자를 박제하려고
땅을 파헤치다 지구 반대편에서 잠을 깨던 절망에 대하여

하늘은 이겨 낼 수 있는 슬픔만을 준다는데

슬픔을 이긴다는 건 어떤 것일까
슬픔에 무너지지 않으려고 눈물을 참다가
어깨가 먼저 울어 버리면 무너지듯 따라 우는 것일까
괜찮은 척 해맑게 웃다가
무게를 이기지 못한 눈물처럼 흘러내리는 것일까
아니면 발이 부르트도록 걷다가 주저앉은 길에서
나무둥치를 껴안고 엄마를 부르거나
사람들의 발소리에 빗소리가 멀어지는 것이 서러워
TV 리모컨을 꼭 잡는 일일까

슬픔을 견뎌 낸다는 것은 내게 너무 어려운 일이다
구름이 무거워져 고개를 넘지 못하는 것처럼
냇물이 계곡을 담지 못하고 물고기를 뱉어 내는 것처럼
오래 담장을 넘은 고양이의 발톱이 빠지는 것처럼
천둥에 놀란 나무가 까맣게 타 버리는 것처럼
슬픔은 터져 버리는 별의 마지막 빛처럼 내 안에 있다

하늘은 참을 수 있는 슬픔만을 준다는데
나는 나를 견딜 수 없어 폭풍처럼 운다

아픈 손으로 문을 여는 사람들에게

제3부

창밖에 아카시아 그림이

걸려 있습니다

주차장에 눈이 내린다

아무도 없는 차들이 눈을 맞는다
아무도 없다고 하기에는
쓸쓸함을 분명히 아는 차들이 춥다

지나가는 사람의 머리에도 눈이 내린다
아무것도 모른다고 하기에는
그리움을 알아 버린 차들이 하얗다

달리지 않는 차들이 눈을 맞는다
정지된 주차장의 뒷모습
앞을 바라본 채 멈춰 버린 차들이

텅 빈 눈으로
내린다

아픈 손으로 문을 여는 사람들에게

내가 명태였나

바람이 말라 가는 몸을 꿰뚫으며 비릿해진다

눈을 감지 않는 물고기들 사이에서
죽었다 깨어나도 모르는 진실을 알기 위해
다물어지지 않는 입술을 쩍 오므리며
바람을 물었다

내 이름을 비뚜름한 입술로 속삭일 때
펄떡거리는 바람의 지느러미

코를 꿰고 나서야 알았다

온 세상이 다
명태의 비릿한 죽음을 따라 하느라
말라 가고 있었다

창밖에 아카시아 그림이 걸려 있습니다

씨앗을 심은 적도 없고
싹을 틔우는 모습을 본 적도 없는 나무가
언제나 나를 기다리며 서 있습니다

더러운 쓰레기를 버리려고 돌아설 때나
땀에 젖은 옷을 벗어 던질 때에도
하루 종일 나를 기다린 것처럼
그렇게 바라보며 서 있습니다

봄이면 연두 가지 솜털처럼 돋아나
두 눈 가득 푸름을 선물 해 주고
여름에는 눈송이처럼 새하얀 꽃잎
바람에 향기를 보내 줍니다

아픈 손으로 문을 여는 사람들에게

물 한 방울 준 적도 없고
가지를 만져 준 적도 없는데
다시 연둣빛으로 물들기 시작하는
거짓말을 모르는 도돌이표

이파리가 노을처럼 붉어지다가
아이의 웃음처럼 눈꽃이 필 때
나는 차마 고맙다는 말도 못 하고
아카시아 닮은 눈물을 흘릴 때가 있습니다

고래의 노래를 들었단다

−이어도 해양과학기지*

배는 사공도 없이 남쪽으로 흘러갔어
홀로 누운 아가는 파도보다 더 크게 울었고
새들은 어둠을 물고 날아갔지

파도는 바람에 떠밀리는 물결처럼 보이지만
깊은 물 속 궁전에 살고 있는
아주 커다란 고래의 숨이래

별이 떨어지면 누군가의 삶이 멈춘다고 말하지만
사람들의 숨이 하늘로 올라가 별이 된다고 하지만
사실은 모두 그곳에 모여 고래가 된대

두고 온 사람들이 그리워지면
전설의 노래를 부르기 시작하지
새들은 어둠을 내려놓고
물결은 시간을 거슬러 흘러가고

---

* 제주특별자치도 서귀포시 서남쪽의 수중 섬 이어도에 있는 무인 종합 해양과학기지

아픈 손으로 문을 여는 사람들에게

배를 타고 떠밀려 가던 아가는
고래의 노래를 들었단다
그리움의 이야기를 들었지
오랫동안 가라앉은 슬픔이었어

아가는 고래의 눈을 바라보았지
그리운 사람들을 만나고 싶은 마음이 모여
파도가 되어 버린 시간들이었어
전설을 들어 본 적 없는 아가도
한눈에 알아볼 수 있는 죽음이었지
아가는 고래의 슬픈 눈에서 떨어지는 별에
입술을 대고 가만히 숨을 쉬었단다
그리움은 별똥별이 되어 버렸지

궁전에는 아무도 살고 있지 않지만
세상 모든 사람들의 별이 모여 살지
고래는 새로 태어난 아가처럼 울지만
그리움은 그렇게 끝나지 않았지만
물결은 멈추지 않고
새는 별을 물고 날아가지

사람들은 누군가 그리워지면
전설의 바다를 바라본단다
별고래가 푸른 숨을 쉬며 솟아오르는
그리움의 바다를 말이야

아픈 손으로 문을 여는 사람들에게

낙화

아름다움에도 뒷모습이 있다
돌아서지 않을 것 같던
꽃의
마지막처럼

메타버스metaverse의 나라에서

나는 도로를 기어가는 거북이
거대한 바퀴와 엔진의 울음소리
그 사이를 조용히 기어가는 등껍질
도로엔 수많은 공룡들이 있어
밟히지 않으려 몸을 낮추고
나는 조금씩 기어다니는 작은 몸부림

나는 꽃밭을 날고 있는 나비
수많은 문자와 알림음 사이
향기도 없는 빛깔들이 춤추는 화면
전설처럼 불리던 노래가 있어
잊히지 않으려 몸을 흔들고
나는 정지된 듯 날고 있는 지친 날갯짓

나는 바닷속 달리는 거북
나는 전설 속 꿈꾸는 바람
나는 오래된 공룡의 이빨
나는 죽어 버린 꽃들의 영혼
나는 울다 지친 매미의 등껍질
나는 깨져 버린 액정 화면의 무늬

아픈 손으로 문을 여는 사람들에게

나는 사람처럼 걷고 있는 로봇
굳은 관절 사이 알아들을 수 없는 음계를 숨기고
표정이 없는 얼굴로 웃다가 우는
전설 같은 미래의 주인

나는 화면 속
깜빡이는 가느다란 세로

나뭇가지가 냇물에 닿을 때

휘어지는
부러지지 않는
그림자가 되어 버리는
초록의 무게

돌아보지 않는
그리워하지 않는
멀어지는
물빛의 노래

아픈 손으로 문을 여는 사람들에게

달의 울음소리를 듣던 날

월식이 시작되던 날
앞집 개는 유난히 길게 운다

달이 조금씩 그림자에 가려지는 동안
울음은 달을 입에 물고
차가운 하늘을 두드리고 있다

어쩌면 눈이 올 것만 같은 밤하늘엔
자리를 내어 주면서도 초라해지지 않는
동그라미 하나
개의 눈동자처럼 붉어지고 있다

아무것도 모른다고 생각했다
그렇게 긴 달의 울음소리를 듣기 전까지는

목줄에 매달린 동그라미
하늘인 줄도 모르고

떨어진 둥지에서 새가 날듯이

길 위에 작은 둥지가 앉아 있다
시작인지 끝인지 알 수 없는 지푸라기
바람에 떠밀려 지상으로 내려온 날개

두 손을 모으고 둥지를 담았다
오래된 신전의 벽을 닮은 모퉁이가 거기 있다
모퉁이를 돌면 모퉁이 다시 모퉁이를 돌면 또 모퉁이
위에서 내려다보면 그냥 둥근 세상인데
끝이 있을 것만 같은 어쩌면 끝이 없는 것만 같은 미로

아픔을 토해 내고 세상을 물어 오고 바람을 엮어 놓으면 둥지
가 될 것 같았는데
나무가 허락하지 않으면 버틸 수 없다는 걸 몰랐던 거야

한 겹 물러서면 또 한 겹 그리고 멀어지는 또 한 겹의 세상이
모여 바닥을 채우고 있다
구멍이 없는 그러나 처음에는 구멍이었을 바람의 문이 닫힌 둥
지를 바라본다
처음에는 날개가 있었던 오래된 기억

작아지고 둥글어지고 새의 욕망이 되어 거기 누워 볼까 생각하다가 차라리 나무가 되어 본다
둥지를 끌어안고 아기 새를 품는 날개
바람이 둥지를 돌아 멀리 아기 새의 울음소리를 새벽종처럼 울릴 때
가지를 아주 조금 흔들며 웃어 주는 나무

화양연화, 꽃의 비밀을 듣다

어떤 사람들은 나무 구멍에 입술을 가까이 대고
비밀을 말했다고 한다

나무는 아무에게도 말하지 못하는 이야기를 가만히 듣고 있다가
새들에게도 들키지 않으려고 잎사귀를 조금 움직였다

구멍은 나무의 시간으로 가는 문이었다
비밀이 나이테를 따라
계단을 내려가듯 나무의 깊은 곳으로 걸어가면
아픈 마음이 조금씩 계단을 내려가듯 멀리 가 버린다

어떤 남자는 사원의 구멍에 대고 비밀을 이야기했다
마치 그녀에게 키스를 하듯 입술이 떨리는 걸 감추려고
구멍 속으로 아주 가까이 다가가 소리를 냈다

사랑은 비밀을 품는 진주조개
나무의 시간을 닮은 조개의 무늬에 비밀이 그려질 때까지
아무도 알 수 없는 이야기

아픈 손으로 문을 여는 사람들에게

어떤 사람들은 영화 속 주인공처럼
계단을 오르내리며 마주치곤 했다
돌아보지 않으려고
비밀을 만들지 않으려고
구멍으로 길을 내고 숨어 다녔다

나무의 이야기를 알아듣는 진주조개처럼
그 사람의 비밀이 들린다
꽃이 떨어지기 전에 입술을 대고
우주의 모든 구멍에게 말하는
떨리는 비밀

아무도 모르는 섬들의 별

섬들이 걸어 다니는 별에 갔어
저마다 다른 우듬지의 숲과
수많은 소리로 우는 새들의 호수
섬 밖을 나가 본 적 없지만
다른 곳에서 밀려온 모래알들이
헤아릴 수 없이 많은 이야기를 들려주는 곳

그 별엔 사랑을 모르는 섬이 있었어
마주 보는 법을 잊어버린 사람들이
먼바다만 바라보다 기억을 잃어버리는 곳
눈부처를 만나지 못해 얼굴을 잊어버린 사람들이
바다에 빠진 전설을 그리워하다 죽어 버리는 섬

그 섬에 아이가 살고 있었어
어느 바닷가에서 만난 유리병
그 투명함 속에 비치는 얼굴을 바라보다
사랑에 빠져 버린 아이
아이는 유리병 속의 편지를 읽지 못했어
먼바다를 건너온 편지는 알 수 없는 글자

아픈 손으로 문을 여는 사람들에게

섬들은 사랑을 알지 못한 채
걸어 다니고 있었어
바다가 제 몸을 부수며 고백하는 하얀 물거품
별은 온통 고독한 사람들의 울음소리로 가득한
투명한 유리병이었어

마지막 날의 고백

오늘이 마지막 하루라면
은행나무를 바라보며 살고 싶습니다

떨어지는 잎사귀들은 왠지
눈물이 날 것만 같지만
수많은 날들이 길가에 쌓여
포근한 소리를 낼 테니까요

나무 아래 놓여 있는 긴 의자에
먼저 와 앉아 있는 이파리들에게
행복하게 살아온 날들을 모두
이야기해 주고 싶습니다

어쩌면 가을비가 내려
빗줄기 뒤에서 추운 어깨를
웅크리고 있을지도 모르지요
그러면 나는 우산을 들고 걸어가
가로수길이 나오는 노래를
영화처럼 불러 주고 싶습니다

아픈 손으로 문을 여는 사람들에게

빗물이 떨어지는 소리와 어울리는 목소리로
첫눈 오는 날 만나자는 고백을 하고 싶습니다
떨어지는 나뭇잎을 잡으면
소원이 이루어진다는 전설을 믿고 싶으니까요

오래오래 행복하게 살고 싶다고
노을처럼 붉어진 얼굴로 기도하고 싶습니다

오늘이 마지막 하루라면
그렇게 나무처럼 걱정도 없이 춤을 추며
바람을 따라 한 걸음씩 걸어가고 싶습니다

그대와 나무처럼 하루를 살아
천년처럼 오랜 그림이 되고 싶습니다

헤밍웨이의 바다를 보며

배를 타고 바다에 나가면 멀미가 날 것만 같았다
그래서 고기잡이배들이 돌아오는 불빛을 바라보기만 했다

갈매기가 들려주는 이야기를 알아듣지도 못하면서 고개를 끄
덕였다
그늘도 없는 모래 위에 앉아 있으면
해가 배를 가르며 토해 내는 푸른 피를 마시고 싶어졌다

낚싯대도 없고 부러진 작살조차 없어
두 손으로 하늘을 퍼 올리다 지쳐 버렸다
그럴 때면 높이 솟아오르던 물고기들이
가슴에 부딪히며 소리를 내었다

아픈 손으로 문을 여는 사람들에게

배를 타 본 적도 없는데 멀미가 나기 시작했다
바다를 바라보며 파도처럼 누웠을 때
멀리서 나를 마주하고 그려진 거대한 선이
눈꺼풀과 수직으로 만나며 십자가를 만들었다

그것은 어쩌면 바람을 견디는 돛이었는지도 모르겠다
물고기가 되어 버린 어느 노인의 이야기처럼
불빛을 잃지 않는 등대의 속삭임인지도 모르겠다

항하사

그렇게 많은 달이
모래알마다 숨어 있다고 했다

같은 자리에서 나를 바라봐 주는 그 마음이
때론 반쪽으로 때론 가느다란 실처럼
어둠으로 사라지다가 환희에 차오르게 해도
그것은 같은 달이라고 생각했었는데

그렇게 많은 사람이
달의 뒷모습으로 돌아누운 밤마다
때론 모래알을 꿈꾸고
때론 물고기가 흘리고 간 지느러미를 생각하고
흐르다가 숨을 잠시 멈추는 물결이
거대한 파도가 되어 밀려와도

결국 다 같은 물이라고 생각했었는데

아픈 손으로 문을 여는 사람들에게

눈을 감으면 세상이 사라진다는 생각에
밤마다 눈을 감고 모두 지우려 해도
어느새 눈을 뜨면 또 다른 아침
거기, 그렇게 많은 내가 기다리고 있었다

선비화

- 기도 정진 중이오니 조용히 하시기 바랍니다

어릴 때 아버지는
스님이 지팡이를 땅에 꽂자
나무가 자랐다는 이야기를 들려주셨다
나도 그런 깨달음을 얻을 수 있기를 바라며
얼마나 열심히 기도 정진하였는가

세월이 흘러 깨달음은커녕
사느냐 죽느냐로 헤매고 다니던 어느 날
영주 부석사 조사전에 피어 있는 골담초를 만났다
의상대사의 지팡이가 천년이 지나도록 피어 있는 모습이라니!
오래도록 아버지를 믿지 못했기에
깨달음을 얻지 못한 것은 아닌가 탄식을 하는데
선비화가 가느다란 목소리로 내게 말을 건넨다

이보시오, 날 좀 죽여 주시오

기도 중이라는 선비화가 죽여 달라니
그 무슨 소린가 싶어 돌아보니
창살에 갇힌 풀떼기 하나가 힘없이 서 있다
옥에 갇힌 대역죄인의 몰골로

아픈 손으로 문을 여는 사람들에게

머리를 풀어 헤치고 서 있는 모습이
말로 다 할 수 없는 지경이다

창살이 없는 유리 벽에는
지폐 몇 장 들어갈 수 있는 창을 내놓았는데
개구멍도 아니고 쥐구멍도 아닌 욕심 구멍 사이로
이 사람 저 사람이 밀어 넣은 천 원짜리 수십 장이
걸인에게 던져 주듯 공양금으로 흩뿌려져 있었는데

이보시오, 비를 좀 주시오
바람은 어디서 불고 있는 게요
내 눈이 멀어 앞을 볼 수도 없으니
앞산에 무슨 꽃이 핀 건지 알아볼 수도 없소이다
아카시아 향기가 희미하게 날아드니 봄이 오긴 한 게로구면
이보시오 날 좀 내보내 주시오

지팡이는 나를 애타게 부르며 애원을 하였는데

나는 또 그 앞에서 찰칵, 브이를 그리다가 말고
합장을 하며 소원을 빌고 돌아오는데

이보시오 이보시오,

선비화의 목소리가 천년을 따라오는 것이었다

아픈 손으로 문을 여는 사람들에게

오만의 여신

위대한 태양도 하루밖에 못 사는데
나는 영원히 살 것처럼 울었다

바다와 하늘이 만나는 곳에
검은 불빛들이 깜빡인다
물고기들의 비명 소리와
하루를 길어 올리는 어부들의 함성이
하나의 선으로 만나는 곳

나는 영원히
선이 되지 않을 것처럼 웃었다

모래와 물거품이 만나는 곳에
고요한 깨뜨림이 반복된다
물새들의 죽음과
내일을 기다리는 마을의 기도가
하나의 노래로 만나는 곳

나는 죽을 때까지
죽지 않을 것처럼 소리쳤다

내가 사랑하지 않았던 세상이 지나간다

질문을 알지도 못한 채 살아온 세월에 대한 반성
답을 알아 가는 방법조차 몰랐던 시간에 대한 후회
삶이 내민 적 없던 성적표를 스스로 만들어
꼴찌라는 등수를 매겨 놓고 주저앉았던
바보 같은 순간들이 지나간다

꽃이 지는 걸 아파하는 봄날의 슬픔이
숨을 쉴 때마다 푸른 잎이 번져 가는 여름이 된다
노을 걸린 나뭇가지들이 열매에 햇살을 담는 가을을 지나
첫사랑의 안부를 묻는 눈송이들이 세상에 내려오는 겨울이 지
나간다

아픈 손으로 문을 여는 사람들에게

내가 사랑하지 않았던 세상이 지나간다

아무것도 모르는 천치처럼 웃으며
그저 하늘을 바라볼 수 있는
세상을 다 가진 봄날이 온다

고사목

나무야, 하고 부르면
푸른 눈동자로 나를 바라보며
사랑한다고 대답해 주면 좋겠다

나무야, 너를 부르면
꽃잎으로 다시 피어나
향기로운 목소리를 내면 좋겠다

나무야, 네 이름을 부를 때
잠든 너의 뿌리가 깨어나
하늘을 만질 수 있었으면 좋겠다

아픈 손으로 문을 여는 사람들에게

신을 만나는 법을 알고 있지만

그토록 간절히 두 손을 모아도
볼 수 없는
신을 만나는 순간이 있다

수평선과
눈꺼풀이 만드는
수직의 선

바다를 바라보며 누워 있을 때
두 개의 선이 만나는
점을 보았다

그토록 작은 점이
내 앞에서
간절히 기도하는 모습

눈을 감으면 사라지는
물거품 같은 기도의 끝을 알고 있다

봄눈

떠나려다 뒤돌아보는
겨울의 하얀 거짓말

아픈 손으로 문을 여는 사람들에게

경칩

그림자가 되어 버린
오래된 날개를 바라본다

문의 무게만큼 아팠을까
세월을 헤아리다 잠든 날개

나비가 몸을 접을 때
물러나 빈방을 바라보는 바람

아무도 두드리지 않는
문이 되어 버린 울음소리를 듣는다

제4부

아픈 손으로 문을 여는 사람들에게

아픈 손으로 문을 여는 사람들에게

세상에 그렇게 많은 문이 있다는 걸 알았다면
나도 더 많은 이야기를 알 수 있었을 텐데
망가진 문처럼 손이 아프고 나서야 알게 되었다

통증 때문에 잠기지도 않은 문 앞에서 망설이다가
문과 마주한 적 없는 등으로 문을 밀었다
뒷걸음질로 몸이 문을 빠져나갈 수 있을 만큼 공간이 생겼을 때
문의 따뜻한 목소리를 들었다

아무 원망도 없고 미련도 남아 있지 않은 물결
세상과 세상을 이어 주는 투명한 다리

때론 더러운 발로 문을 밀고 몸을 밀어 넣은 적도 있다
손이 아프다는 핑계로 사과도 없이
그런데도 나를 밀쳐 내지 않고 여전히 길을 내어 주었다

사람들이 문의 모서리를 감정도 없이 밀쳐 내고 떠나갈 때
뒷모습을 바라보면서도 울지 않고 제자리로 돌아가는 묵묵한
일상

세상에 그렇게 많은 손이 있다는 것을 알았다
아픈 손으로 내 앞에 서는 사람들에게
물결처럼 가만히 길을 내어 주는 따뜻한 문이 되고 싶다

세상에 이런 날이 올 줄이야

밖에 나갈 땐 눈만 내놓고
마스크를 써야 하는 날이 올 줄이야
그래서 서로 눈만 바라보며
말하지 않아도 마음을 읽게 되는
그런 날이 올 줄이야

세상에 이런 날이 올 줄이야
만나서 밥 한 끼 먹는 것이 죄가 되어
서로 몸을 숨기며 살아갈 날이 올 줄이야
그래도 위로가 되는 건
그럼에도 불구하고
만나고 싶은 사람들이 있다는 것

세상에 이런 내가 될 줄이야
그토록 죽고 싶어 갈망하던 마음을 잊고
미치도록 살고 싶은 이런 날이 올 줄이야

아픈 손으로 문을 여는 사람들에게

터미널

서로 다른 길을 가려고 모인 것이 아니라
잠시 같은 곳에 머물며 기다려 주는 시간

오지 않은 버스를 기다리며 먼 곳을 보지만
이미 버스를 타고 온 사람들이 내리는 공간

터미널에서 우주를 본다
고개를 숙인 별들이 스치듯 지나가는 인연

멀리서 걸어온 이야기를 들을 때

우산을 쓰고 싶지 않았다

맞은편에 서 있는 사람도
아무렇지 않은 듯 비를 맞고 있다

빗방울은 조금씩 굵어지고
손으로 우산을 만들거나
빨리 걷거나
달리는 사람들이 늘어 가고

가방엔 나를 기다리는 우산이
먼바다에서 몰려오는 이야기처럼
검은 눈물을 흘리고

아픈 손으로 문을 여는 사람들에게

우산을 쓰고 싶지 않았다
한 방울씩 떨어지는 물방울의 이야기를
가만히 들어 주고 싶었다

빨리 걷지도 않고
손으로 가리지도 않고
비의 이야기를 듣고 싶었다

등유가 18원

동그라미 두 개가
첫눈 바람에 날아갔다
따뜻한 겨울이 될 것 같다
주머니 걱정 없이 방바닥이 데워지는 겨울

정말 18
그랬으면 좋겠다

아픈 손으로 문을 여는 사람들에게

길 위에서 잠드는 사람들처럼

온기가 없는 이불 속에 들어가 누우면
내 몸이 뜨겁다는 것을 알 수 있다
나의 온도를 닮아 가는 이불 때문에
혼자보다 덜 외로워지는 마음

이불도 없이 바닥에 웅크리고 누우면
온기가 허공으로 달아나
안아 줄 수 없는 바닥이 되어 버린다
식어 가는 하루처럼 서늘해지는 가슴

아무것도 없이 길에 누우면
세상의 온도가 되어 간다

때론 뜨겁고 때론 차가운
바람의 온도를 닮은 목숨

생매장 공포증

무덤에 창을 내 주면 좋겠다

내가 눈을 감았다 다시 떴을 때
모든 생명이 나를 바라볼 수 있게

나는 홀로 누운 연필
벌레들이 내 몸을 파먹기 전에
손을 내밀고
마지막 인사를 쓸 수 있게

내가 눈을 떴다가 다시 감았을 때
모든 죽음이 눈뜰 수 있게

무덤에 투명한 문을 그려 주었으면 좋겠다

아픈 손으로 문을 여는 사람들에게

할복

바닷가 작은 마을
다정한 현수막

할복하실 분 구함
부부 환영

남편을 삼킨 물고기는
아내의 배를 가르고

꽃잎처럼 흩어지는 구름
새의 날개가 되고

바다의 배를 가른 저녁
붉은 달이 쏟아진다

동시 접속자가 많아 잠시 대기 중입니다

비 오는 버스의 사람들
같은 도로를 달리고 있다
빗물은 다른 속도와 온도로 내리고
승객들의 자리는 각자 다르지만
나는 그냥 이 모든 걸 동시라고 부른다
동시에 숨을 쉬고 있는 것들이 있어서
외롭지 않다고

대기 시간이 줄어들고 있다
다음 정거장의 시간처럼
버스에 남은 사람도 줄어들지만
다음 정거장에서 버스를 타는 사람들이 늘어나고

줄어들던 대기 시간은 왜 또 늘어나는 걸까
나는 그냥 이 모든 걸 삶이라 부르기로 했다

아픈 손으로 문을 여는 사람들에게

문답

앎이란 질문을 찾는 것이고
깨달음이란 답을 알아낸 것이다

기도가 끝나지 않는 이유

나는 주문을 알고 있다

더는 갈 데가 없는 막다른 골목에서
나를 쫓아온 사나운 개에게 물리지 않기를 바랄 때
아무리 마음속으로 주문을 외워도 개의 이빨을 피할 수 없다
는 걸 알지만
그래도 내가 유일하게 할 줄 아는 일이라고는 두 손을 모으는
일밖에 없어
그저 눈을 감고 주문을 외운다

개는 으르렁거리고 나는 더 도망칠 데가 없는데도
자꾸만 뒷걸음질치며 개가 작아지기를 기도한다

벽이 스르르 문처럼 열리기를
하늘에서 천사가 내려와 나를 구원하기를
비라도 쏟아져 개가 집으로 돌아가기를
개와 한집에 사는 인간이 개의 이름을 스윗하게 부르기를

골목은 흩어지지 못한 주문으로 막혀 있다

아픈 손으로 문을 여는 사람들에게

다 잘될 거야 다 잘될 거야 다 잘될 거야

기도는 거짓말처럼 고요한 세상을 만든다
개의 소리가 멈추고 눈을 떴을 때
갸웃 고개를 기울이는 신과 마주한다

내가 자꾸만 길을 잃어버린 이유

개미는 여섯 개의 다리로 기어다닌다
두 개의 더듬이,
개미가 그렇게 작은 것은 더듬이를 가지고 있기 때문이다
길을 잃지 않고 집으로 돌아갈 수 있는 까만 점

어릴 적 학교 가는 길목에 공작을 가둔 철창이 있었다
날개를 가두기엔 너무 작은 네모
공작의 날개가 미치도록 신비로운 것은 눈이 아름다웠기 때문
이다
돌아갈 집을 잃어버린 멍한 점

길을 잃어 땅바닥에 주저앉았다가 어릴 적 보았던 개미를 만났다
네모 안에 개미를 가두고 집으로 돌아갈 수 없다고 말했다
개미는 선 안을 빙빙 돌다가 더듬이로 바람을 불렀다
개미가 그렇게 가벼운 것은 마음을 가지고 있기 때문이다
눈먼 바람에게 집으로 가는 길을 물어보는 속삭임
새의 비밀을 알고 있는 작은 점

아픈 손으로 문을 여는 사람들에게

개미가 들려준 이야기를 듣고 새에게 달려갔다
새는 어릴 적 그 네모 속에서 아직도 바람을 그리워하고 있다
마음을 잃어버린 푸른 울음
그때 나는 새의 꼬리에 부채가 매달려 바람을 부르고 있다고
생각했다
그래서 다 괜찮은 줄 알았는데

나는 정말 아무것도 모르고 살았다

그래도 괜찮아

지게를 한 짐 지고 앉은 소년을 보았다
산은 발이 푹푹 빠지는 눈길이었다
해는 아직 고개를 넘지 못하고 봉우리에 걸렸는데
바람이 옷깃을 여미어도 살을 파고드는 추운 날이었다
소년은 어깨를 늘어뜨리고 한숨을 쉬며 길을 바라보기만 했다
소년의 지게에는 커다란 눈사람이 등을 지고 앉아 있었다

소년에게 다가가 물었다
눈사람을 내려놓고 고개를 넘어가면 안 되겠냐고
소년은 놀라 고개를 가로저으며 그럴 수는 없다고 했다
첫눈으로 만든 눈사람을 데리고 가겠노라 큰소리를 쳤기 때문
이라고
소년에게 조금 작은 눈사람을 만들면 되지 않느냐고 물었지만
그럴 수는 없다고 했다

해는 자꾸 기울고 소년이 가엾어졌다
길가에 쪼그리고 앉은 소년의 머리 위에 눈송이가 소복이 쌓이
고 있었다

　　　　　　　　아픈 손으로 문을 여는 사람들에게

소년을 두고 갈 수 없어 다시 말을 건넸다
작은 눈사람을 만들어 길을 가다 보면 눈사람이 점점 커질 거야
눈이 쌓이고 또 쌓이다 보면 커다란 눈덩이가 될 테니까
길을 걷기도 전에 지쳐 버리면 고개를 넘을 수가 없잖니
그러니 작은 눈사람으로 산을 오르기 시작해 보렴
해가 저물고 몸이 얼어 버리면 길이 보이지 않을 수도 있단다

소년은 한참을 생각하다가 눈사람을 길 위에 내려놓았다
그리고 아주 작고 단단한 눈사람을 만들어 지게에 올려놓고 가
벼운 걸음을 시작했다
한 걸음 한 걸음 걸을 때마다 눈사람이 커졌지만 소년은 계속
앞으로 나아갈 수 있었다
눈사람이 커지는 동안 소년도 점점 자라고 있었기 때문이다

마침내 소년이 산을 넘어 마을에 도착했을 때
소년의 지게에는 커다란 눈사람이 앉아 있었다

논산 훈련소

알에서 갓 태어난 아기 새는
보송한 깃털의 머리를 쳐들고 삑삑 운다
작은 부리를 벌려 어미를 부르고
아직 날개라고 부르기도 미안한 뼈를
가냘프게 움직이는 여린 몸짓

미용실 의자에 앉은 스무 살 아들이
세월을 거슬러 아기가 되었다
싸개로 꽁꽁 싸매고 품에 안으면
새처럼 숨을 쉬며 잠이 들던 아기

어미 새가 긴 날개를 펴고 활공을 한다
바람에 베이는 것에 익숙해진 날개 위에
작은 아기 새가
어설픈 날개를 퍼덕이며 난다

추락하려는 아기 새를 어미 새가 큰 날개로 보듬으며
하늘을 나는 법을 가르치고 배우는
푸른 하늘 속의 풍경을 보았다

아픈 손으로 문을 여는 사람들에게

용서

누군가를 용서하려면 내가 행복해져야 한다는 걸 알았을 때
아무도 용서할 수 없었던 내가 가여워 눈물이 났습니다

마른 이파리가 떨어지는 쓸쓸한 날에 흘리는 눈물보다
어느 봄날의 햇살 속을 날고 있는 나비의 날개를 붙잡고 흘린
눈물이
더 아프다는 것을 알았을 때
이 세상을 용서하지 못한 내가 불쌍해 주저앉아 울었습니다

누군가를 사랑하려면 나를 용서해야 된다는 것을 깨달았을 때
아무도 잘못한 사람이 없다는 것을 알게 된 그날에
이 세상에 사랑하지 않을 사람이 없다는 기쁨에
눈물이 하염없이 흘렀습니다

스캐빈저*를 위하여

마침내 숨이 느려지고
멀리 눈동자들이 보인다

마지막 숨을 이어받은 그들은
또 다른 숨으로 살아남을 것이다

영원히 살고 싶었다
죽지 않고 살아남아
우주의 마지막 순간을 지켜보고 싶었다

숨이 또 다른 숨으로 이어지고
별의 죽음 뒤에 또 다른 별의 첫울음이
우주를 울리고 있다는 말을 들었을 때
나는 비로소 고요히 누울 수 있었다

---

* 생물의 사체 따위를 먹이로 하는 동물을 통틀어 이르는 말

아픈 손으로 문을 여는 사람들에게

너럭바위에 누운 어머니에게 달려들던 이빨들

풍장의 끝은 별
또 다른 숨이 반짝이고 있다

늙어 간다는 것을

식탁 모퉁이에 바나나가 누워 있다
나무에 매달려 있는 듯 건네는 악수
손가락을 잡아당기면 푸른 노랫소리가 흘러나오는 오르골
노래가 멈추기 전에 한입 베어 물고 나면 금방 잊히는
첫사랑이 타고 떠난 조각배

얼굴에 생겨나는 얼룩처럼
시간이 내려앉은 몸뚱이를 바라본다
얼굴을 감싸 쥐면 울어 버릴 것만 같은
힘없이 무너져 가는 열매
화장을 하지 않은 얼굴로 바라보는 거울 속의 여자를

식탁에서 내려오는 바나나를 만져 본다
몇 개 남지도 않은
얼룩이 온몸에 번져 시커멓게 썩어 가는
달의 조각이 뭉개져 피고름처럼 우는 저녁을
하지만 아직도 여전히 바나나라는 이름을 가진 어떤 인생을

아픈 손으로 문을 여는 사람들에게

로드킬

달이 가부좌를 틀고 앉은 무량수전
기둥은 시시포스를 닮았다

문을 열지 않아도 드나들 수 있는 바람

창호지에 그려 놓은 아카시아 향기가
새벽 기도를 하는 시간

법당 문을 힘겹게 열고 들어온 여우가
길고 긴 여행을 끝낸 숨을 뱉어 낸다

부처님을 마주 보려고 고개를 들었을 때
그곳엔 무너지지 않는 벽이 무너질 듯 서 있었다

여우가 고개를 숙이고 울음을 터뜨리려 할 때
동쪽을 바라보던 달이 여우의 어깨를 감싸며
차가운 법당에 깔린 방석처럼 울어 주었다

강 건너 불구경이라는 말을 배운 날

길 건너에서 불이 났다
불꽃이 잘 보이지도 않고 연기만 피어올랐다
처음에는 지붕이 보이도록 올라오더니
어느새 하늘까지 뒤덮는다

연기가 동쪽으로 사라지는 모습을 보면서
바람이 우리 집 쪽으로 불지 않는 것을 다행이라 생각했는데
연기가 곁눈질로 나를 보며 참 못됐다 한다

강 건너 불구경이라는 말을 마흔여섯에 배운다
참 못된 말이었구나

그렇다고 내가 달려가 불을 끌 수도 없는 노릇이고
그저 바람이 좀 덜 불거나 멈춰 주기를
불씨가 얌전히 고개 숙이기를
소방관들이 무사하기를
아무도 다치지 않았기를 기도하는 수밖에 없었다

아픈 손으로 문을 여는 사람들에게

어딘가에
누군가에게
커다란 불꽃이 일어 연기를 피운다면
기도하라는 신호다

달려가 불을 꺼 줄 수 없다면
구경하는 것이 아니라 간절히 기도해 줘야 한다
불꽃이 모두 사라져 괜찮아질 때까지

광화문에서 시청

더 높이 올라가고 싶지만
무너질 것을 두려워하며 멈춰 버린 빌딩 숲
그들 한가운데 서서 나의 시를 생각한다

더 깊이 쓰고 싶었지만
드러내질 것을 겁내며 닫아 버린 노트를

벌거벗은 채로 거리를 걷다
아무도 나를 바라보지 않는다는 사실에
도로 주워 입은 옷이 헐어 있을 때
멈춰 있던 빌딩들은 하늘보다 더 높이 올라가고

옷을 다 벗지 못하고
뒤를 돌아보지 못하는 여러 겹의 내 영혼은
끝을 알지 못한 채 달려가고 있는 차들이
아무렇지도 않게 뱉어 내는 하루를 뒤집어쓰며
시를 삼키고

아픈 손으로 문을 여는 사람들에게

더 많은 이야기를 쓰려다
거리에 멈춰 섰다

빌딩은 누워 있고
시는 숨이 멎은 채
벌거벗은 나를 만지고 있었다

마지막 시인

엄마는 지구의 마지막 시인이 될 거야
아무도 시를 쓰지 않는 세상이 와도
마지막 순간까지 시를 쓰는 사람으로 죽을 거야
독 짓는 늙은이처럼
부채를 만드는 미련한 사람처럼 말이야

마지막 시인,
아들이 따라 하며 고개를 끄덕였다
누군가는 부채를 만들어야지
모두가 죽는다는 결론은 똑같으니
과정은 달라야지 하며 밥을 먹는 아들

복권을 샀다
동전으로 긁다가 눈물이 났다

등록금을 분할로 낼까 엄마한테 도와 달라고 할까
밤새 잠도 못 자고 고민했다는 딸아이의 문자도
한꺼번에 밀려왔다

시는 쓰지 않아도 될지 모르겠다
아들과 딸이 이렇게 예쁜 시로 사는데
나는 그냥 미안하고 못난 엄마일 뿐
지구의 마지막 시인을 낳았으니 그거면 된 거 같다

미안하다

이 세상의 모든 슬픔은
다 내 죄인 것만 같아서
내가 착하게 살지 않아
꽃이 지는 것만 같아서
어제 내가 안아 주지 못한 바람이
오늘의 흐린 구름으로
울고 있는 것만 같아서

아픈 손으로 문을 여는 사람들에게

아픈 손으로 문을 여는 사람들에게

펴낸날 2023년 12월 1일

지은이 김고니
펴낸이 주계수 | **편집책임** 이슬기 | **꾸민이** 박효빈

펴낸곳 밥북 | **출판등록** 제 2014-000085 호
주소 서울시 마포구 양화로7길 47 상훈빌딩 2층
전화 02-6925-0370 | **팩스** 02-6925-0380
홈페이지 www.bobbook.co.kr | **이메일** bobbook@hanmail.net

© 김고니, 2023.
ISBN 979-11-5858-971-4 (03810)

※ 이 책은 평창군, (재)평창유산재단의 후원으로 발간되었습니다.

평창군 PYEONGCHANG COUNTY   평창유산재단 PyeongChang Heritage Foundation